# 夜半の祈り

yowa no inori

五井昌久歌集

白光出版

著者（1916～1980）

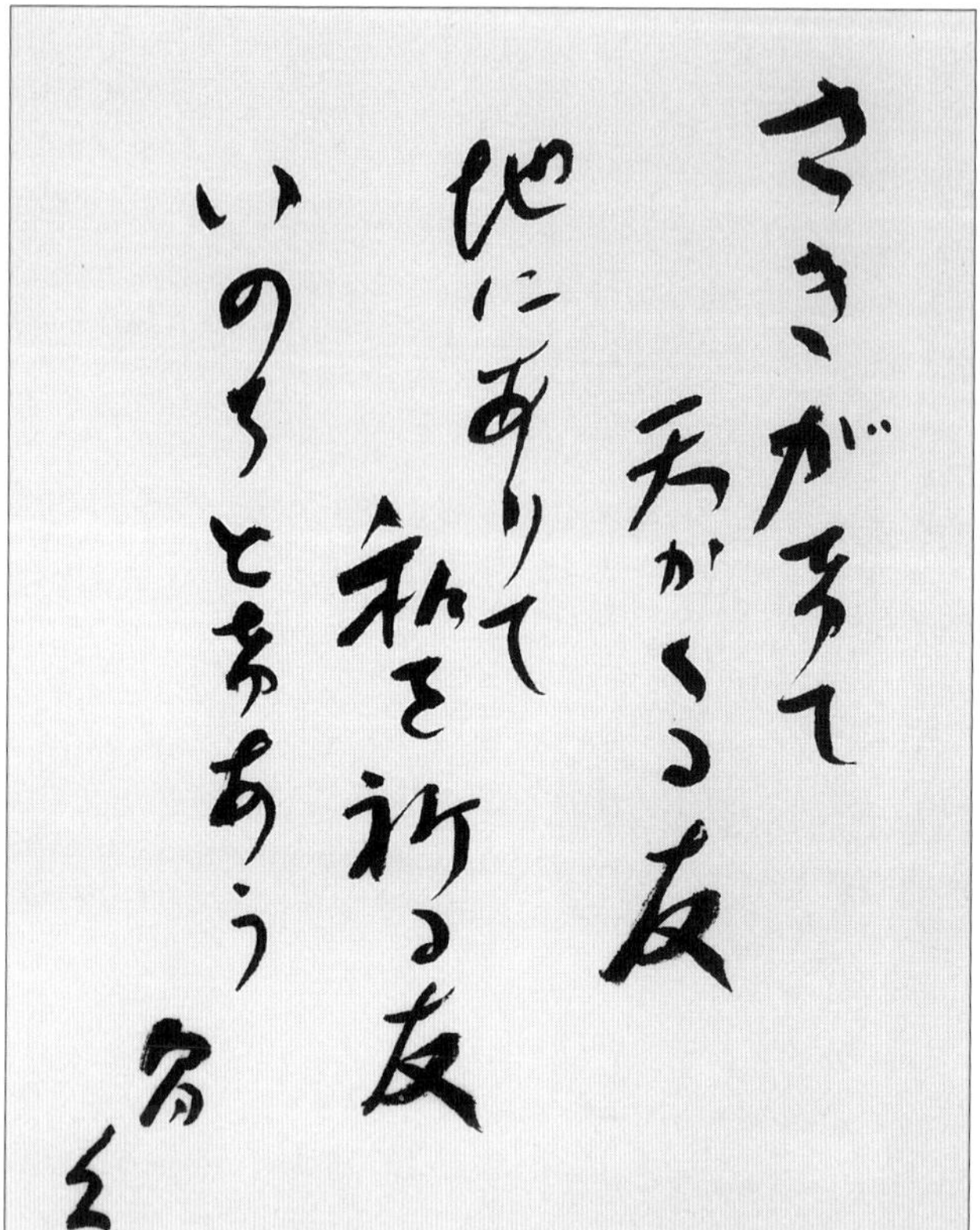


五井先生の書
「さきがけて　天かくる友　地にありて
和を祈る友　いのちとけあう」
(みたままつり讃歌)

目次

I　昭和46年〜48年

## Ⅲ　折々の歌

装丁　渡辺美知子

# 歌集　夜半《よわ》の祈り

# I

## 昭和46年〜48年

## 紅梅

紅梅のこゝにも咲けり天地《あめつち》の美《は》しきみ心庭に
充ちをり

咲けるあり咲き初むるあり池の水凍れる庭の
紅梅の花

玄関に入らむとしつゝ眼にとめて客みな賞《め》づ
るしだれ紅梅

肩すぼめ歩みこし人も背を伸ばし暫らくはみる庭の紅梅

世《よ》界のさまを憂ふ心に天《あめ》地《つち》の恵みの庭の紅梅匂ふ

インドシナの戦火つゞけり咲き匂ふ紅梅の庭
に我が佇《た》てる間も

もの言ふがに蕾ふくらむ紅梅のいのちの奥に
ふれて我が佇《た》つ

厳冬を耐えきて庭に咲き匂ふ紅梅の花のいの
ちいとしむ

道求め集ひ来し人ら迎ふがに庭の紅梅花匂は
する

枝ぶりの幼き紅梅《うめ》も花つけて朝の祈りの人ら
迎へぬ

雪の信越

白雪は故郷の詩なり雪原を踏みつゝ仰ぐ山の
親しさ

山々に故郷の声す澄み極む心に佇《た》てり越の雪原

雪がすみ霽《は》れゆくなべに現はるる越後山《やま》脈《なみ》墨絵めきをり

越の雪いまだ深けど木々の枝芽吹き明るし山間の里

高層のホテルの窓に影絵のごと山降《くだ》りくるスキーヤーみゆ

点々と灯のともりをる雪山に現はれては消ゆ
夜のスキーヤー

白鷺数多《あまた》とまるともみゆ落葉松《からまつ》の林を過ぎて
雪原をゆく

山々も林も家も白雪に耀《かが》よふこゝは越後赤倉

この山の滝凍れるとみて過ぎぬ碓氷《うすい》峠の朝の山脈《やまなみ》

高き山は雪耀よへり低き山はまだら雪なり信
濃路をゆく

# 聖ヶ丘みたままつり讃歌

さきがけて天《あま》かくる友地にありて和を祈る友
いのち融《と》け合ふ

顕幽《けんゆう》に分れて住めど平和祈るこころは一つひびき耀よふ

顕幽に分れてあれど天地のひびき一つに平和の祈り

迷ひなきみ霊《たま》となりて天にある同信の人ら祭る今日の日

世界平和祈りて家族《うから》ら輝やけばかくり身の人らいや輝やけり

地にありて平和の祈り極《きは》めたる友輝やかに天にいのれり

神霊のみ使ひとなりて地を浄む友らもおりぬ我れに笑みかくる

四季の花々時に想ひて懐かしむみ霊《たま》もあらむ
平和の丘に

大乗の祈りに乗りし友一人天にある故父祖浄
まれり

貧も病も今はあらざるみ霊《たま》らの光明るし聖ヶ
丘に

## ハワイの歌

空青く海又碧《あお》き南国の砂浜に裸形の諸《もろ》国《くに》の人

波乗りの若者遠く甲羅干の美人は近くワイキキの浜

椰子の木の幹の影なき南国の昼をさかりの浜の賑はひ

ビキニ美人見あきし日々も空と海の青さはあかず眺むる今日も

ワイキキの海の碧《みどり》に倚《よ》る心諸《もろ》国《くに》の人裸身あらはに

浜によする波穏やかなワイキキの海は裸身の
人甘やかす

真珠湾にむかふ戦艦遠く見ゆワイキキの海に
は裸人遊べり

入りつ日に輝やける雲かげる雲ワイキキの浜
の砂のぬくもり

日のぬくみいまだ残れる砂浜に娘等《こら》と異国の
月の海みる

並びたつホテルの灯砂浜にゆきかふ異国の人も旅人

かがり火の灯《とも》るハワイの海の色夕べも青く波柔かし

沖遠く白帆光れり夕陽光《ひかげ》浜に名残りの旅人の
背に

夕陽光浜の裸人の背に光る異国の海に平和を
祈る

ワイキキの海の夕月娘《こ》の触るる白砂に千葉の
海鳴りをきく

世界《よ》を憂ふ想ひひそめて日々をハワイの海に
平和を祈る

海ぞひに我がカー走る南国の色鮮やかにハイビスカス咲く

モンキーパ　カマヌ　パハラの大木を珍らしみをり海は濃碧《こみどり》

真珠湾浄むる役と我れ来しかみ霊《たま》らに祈る世界平和を

真の平和生みなさむ為の戦ならむ真珠湾英霊に祈りささぐる

真珠湾の波静かなり天地《あめつち》と倶なる祈り柏手となる

日本人白人土人和して住むハワイの島の天地《あめつち》静か

道の歌

我が息は神の吐く息吸ふ息は地を浄む息人は
神の子

天地《あめつち》の心に融けて生くる身はただありがたし
ただありがたし

世の乱れ治むるはただひたすらに己れの心治
むるに尽く

自らの心乱しつ世のさまを直すと叫ぶ人のおかしさ

天命を信じて尽くす誠こそ天地《あめつち》和する神の子の道

己れのみ正義と思ふ愚かさや正義と正義争ひて果つ

苦も楽も此の世にうつる影なれや真《まこと》の我れは澄みてひそけし

踏みしむる大地は神の現身《うつしみ》ぞ祈り心に歩み運こばむ

人前に飾る想ひを打ち捨てて裸心《はだかごころ》に生くる明るさ

捨て切れば自も他もあらず人の世の生活《たつき》そのまま神のみ心

責め裁《さば》く想ひなき世をつくる道ただひたすらな平和の祈り

いきいきと今を生きなむ現はるる幸も不幸も
過去の自《し》が影

聖ヶ丘の庭

一重桜散りしを惜しむ我が庭にしだれ桜の咲
きそめにけり

花吹雪池の水面《も》に散りかゝる聖ヶ丘の小鳥子
の声

海《かい》棠《どう》の蕾かぞへて佇《た》つ庭の我が肩に手に桜花
片

緋鯉真鯉と子に教へゐる池の面に桜花片散り
かかりつゝ

泰山木こぶし木蓮花白し今朝は椿の紅《べに》まじり
咲く

並《な》み咲けるれんぎよう庭梅雪柳聖ヶ丘の春は
酣

祈りつゝ庭つくる人らこの丘の椿の紅《べに》の心に
沁みる

紅椿乙女椿と眼にとまる聖ヶ丘の花さまざまに咲く

訪ひて来る人皆美しくみえてきぬ花の盛りの聖ヶ丘の庭

人々がいとほしみつつ植ゑしならむ我を慰さむ庭の花々

伊勢の神々

五十鈴川真鯉緋鯉の色澄めり近く河鹿の鳴く
声もして

遷《せん》宮《ぐう》のみ浄めならむ神々の光烈しくゆき交ふ
を見る

新宮の形とゝのひはやこゝに働き給ふ伊勢の
神々

天《あま》そゝる老樹が語る日本の歴史きゝをり伊勢の神域

天皇といふ統一の場を想ひをり伊勢大神にひびき合はせつ

今更に日本の天命想はるゝ伊勢神宮に祈りさ
さげつ

さ緑の山々を背に伊勢の宮光のなかに静もり
てあり

天地のひゞきおほらな日本の心現《あ》るれと神宮《みや》に祈れり

真《しん》の日本知らぬ国民多くゐて伊勢大神の光曇らす

遷宮をひかへて伊勢の神々のみ働きとみに耀《かがよ》ひてきぬ

旅にて

海猫のその名かなしき鳥の群鳴きつつ岩をめぐるをみたり

わだつみは晴れわたりたり白波のしぶける岩
をめぐる海猫

岩しぶきに呑まれしとみえて舞ひ上がる海猫
二羽三羽その形のよさ

うつし世のものみな愛《かな》し汽車窓のたそがれの
景色うつり変りつ

まばらなる村の灯《ともしび》濃き色の街の灯汽車窓は夜

青空のきはまり澄むに向山の竹叢《むら》木叢立ち騒ぎつつ

宿の庭山につづけり若緑濃緑の道下駄はきてゆく

世の憂ひ暫し忘れて山宿の庭の樹木に石に見
呆けつ

奥深き日本の姿そのままにうつしいだせる京
の庭々

名園といはるる庭をみて歩く日本の心尋ぬるがごと

桜花片

朝陽光《ひかり》そのまゝ受けて咲けるがに我が眼に匂ふ山桜花

朝戸くれば陽光《ひかり》の中に咲き匂ふ庭の桜木眼もて数ふる

庭の花我れを呼ぶゆえペン置きて庭に出でみる花吹雪く中

幼児の頭に散れる花片《びら》はそのまゝにして花の庭ゆく

花吹雪く庭を入り来し客の背の花片愛《いと》しはらひかねつも

肩に背に花片つけて入りて来し客は我が家の
庭をほめつゝ

外国《とつくに》に咲くをみたれど桜花やはり日本の春か
ざる花

薄紅に空は匂へりぼんぼりに灯《ひ》のつきそめし
桜土手路

中空に匂ふ花片ぼんぼりの灯《ともし》つらなる夜桜の
土手

つり舟の人らも仰ぐ中空のぼんぼりに浮く夜桜の花

咲けるよし散れるもよろし桜花人の心に美をとどめつゝ

つゝじ

聖ヶ丘の祈りの人ら足とめてしばらくは佇《た》つ
つゝじ咲く庭

庭に来し人先ずはつとして眼《まみ》開く池の端《はた》なる
紅《くれなゐ》つゝじ

晴れるよし薄陽もよろし雨の日も又色冴ゆる
庭のつゝじは

ときつゝじ紅つゝじ白つゝじ二階ゆみれば庭
はまばゆき

庭一面つゝじ咲きおりけざやかな紅《くれない》つゝじ人
眼ひきつゝ

緑風小鳥子の声と歩みきてつと声のみぬ群れ
咲くつゝじ

天地《あめつち》のいづこにかゝる色あらむまことけざや
か紅《くれない》つゝじ

我が頬にうつりくるがに色鮮やか紅《くれない》つゝじそ
こゝに咲く

小さき花寄り合ひ咲けど紅《くれない》のその色けざやか
庭のつゝじは

敷きつめし芝生の中の藤の花そをかこむがに
つゝじ様々

絵筆もつ人らそちこち公園のひとところつゝ
じ鮮やかに咲く

葉桜をさびしと想ふ間もあらず庭はつゝじの
花の真盛り

## 朝の散歩

人の行き来繁くなりきてこの街にばら咲かす
家多くなりきぬ

我が庭もばら多く咲く街の人時折り門ゆ覗きみにくる

坂の道みな舗装路となりし街の朝の散歩にばらみて歩く

行き過ぎて又ふり向きぬあまりにも花ととのへる白ばらの庭

色美《は》しく形ととのふこの庭の紅ばら黄ばら声挙《あ》げてみる

紅ばらの前に佇づみ白ばらの庭のぞきみる朝の散歩は

足とめし白ばらの庭自家用車出でてゆきたる紅ばらの庭

我が庭のバラアーチ子等の心ひくか次々母の
手をひきてくる

丹精の紅ばら黄ばら水をやる主婦の背に礼《いや》し
つ立止まりみる

足下にさつき群れ咲き菖蒲田に菖蒲色冴え梅《つ》
雨《ゆ》に入る庭

風に乗る強き雨脚梅《つ》雨《ゆ》入りの気配はすでに庭
木々の中

群れ泳ぐ鯉めづらしみ寄りて来る子らに池面
の雨脚繁し

あぢさゐの花

華《はな》やかなばらみし後のひそけさか我が庭今は
あぢさゐの庭

あぢさゐの群れ咲きおれどひそかなり明るさ
はうちに紫の色

明るさを底にひそませ咲くならむこゝにかし
こに庭のあぢさゐ

庭隅《くま》に木陰に色をひそめ咲くあぢさゐはもの
を想はする花

天日をさけて咲くがに色ひそむ庭の木陰のあ
ぢさゐの花

あぢさゐは半眼にして見る花か紫の色雨にぬれつゝ

幽玄の世界につゞく色としもあぢさゐの花雨にぬれつゝ

止まりてみつむるならず行きすぎて色眼に残るあぢさゐの花

夕がすむ庭ひとところほの明《あ》けし夢のごと咲くあぢさゐの花

霖雨《ながあめ》の心に咲くかあぢさゐのその花の色もの
うげにして

傘と傘話し合いをる庭の道木陰にひそとあぢ
さゐの花

裾模様石畳渡りゆきし後庭にひそけしあぢさ
ゐの花

落葉

山茶花《さざんか》の花の上にも散りかかる桜落葉よ柿の
落葉よ

柿落葉桜落葉にいろどられ芝生陽《ひ》に映《は》ゆ庭滝の音

庭石に腰かけをれば柿落葉芝生いろどる風絶えし間を

敷石に芝生に散れる庭木々の落葉天地《あめつち》の光《かげ》を
ひそめて

金色に陽《ひ》に照り舞へど人の世のかなしみうつ
る寺の銀杏《いちょう》葉

舞へるあり散り敷けるありはやすでに土に化《か》すあり山の落葉は

土に化《か》す安らぎみせて散り敷ける落葉にあらむ山の落葉は

朝靄の霽《は》れゆくとみれば落葉はく尼僧の姿浮び出できぬ

舞ひ落ちて土に憩へるはひそかなり落葉山林の秋を深めつ

終《つひ》のいのち風に託して舞ひ落つる落葉金色の
陽光《ひかり》背負ひつ

# Ⅱ

## 昭和50年〜55年

雑木林

我が庭の雑木林の夕茜《あかね》落葉枯葉もいろどられつつ

我が庭の雑木林のくれなづみ高き落葉ははら
はらと散る

朝の落葉空明くるごと夕落葉地を鎮むごと冬
運びくる

夕陽今雑木林に沈まむか落葉にとけて我があ
りにけり

散り敷ける落葉かなしも我が佇てる雑木林に
町の声する

朝靄の晴れゆく庭の雑木林裸木おゝくなりて
さやけし

裸木を吹き過ぐ風もいろづきぬ寒椿の紅冴ゆ
るこの朝

幼児も眼《まなこ》みはりぬ窓下の寒椿の紅いよよ色冴ゆ

散る葉みな散り終へ庭の雑木林ふとみれば梅のはやいろづきぬ

散る葉みな散り終へ庭の雑木林松の緑の冬さ
さへゐる

夏の庭

庭にゐる我れを訪ひ来し客のさす日傘にうつ
る松の木の影

さしかくる客の日傘の松の影強き陽ざしもなつかしきかな

池に落つる庭滝の音久闊の日傘の客の声美しく

庭隅の小さき花我れを呼びとめぬいのち可憐
なり赤きその花

小さき花小さきいのちのいとほしや日傘の客
の小腰かがめぬ

庭を流る木の香草の香歩みきて桔梗の花に歩みとどまる

街中の我が庭なるにめずらしや梟《ふくろふ》鳴けり鳴きつゞけをり

祈りいる夜半のしじまに鳴きつゞく梟の声童話めきをり

梟の声に融けゐし我が耳に救急車の音夜半の街ゆく

梟の声の絶えしとみる庭にカナカナの声小鳥
子の声

愛・光・調和・平和

神の愛信じつづけて全託の祈りのうちに六十路を迎ふ

人の世のよごれ浄むと神の慈悲平和の祈り我
に給へり

我も光り人らも光る給はりし平和の祈り祈り
つづけて

救世《きゅうせ》の大きみ光り地の上に降《くだ》り給ひて世を浄む今

和の民のこぞり集へよ地の姿正すと神の降り給へば

和《わ》の国日本《にっぽん》祈りもてたため調和なき国々武器
を磨きあふとも

人と人愛し合へるに国と国背き争ふ地を穢し
つゝ

春の庭

朝雨の頬に冷たし傘ややに傾けてみる庭の紅
梅

梅の花客にみせむと庭下駄の歩みはこべば沈
丁花呼ぶ

沈丁の香にとめられてしばらくは梅みる忘れ
目を細め立つ

沈丁の香めでつつ庭下駄の歩みは今朝も紅梅の前

池の面に枝伸ぶる梅丈高く花満つる梅庭去りがてず

低きより香る沈丁花高きより匂ふ梅の香靄流れくる

朝靄の晴れゆけば今朝はことさらに花目にしみる枝垂紅梅

昨日今日明日も又みむわが庭の紅梅白梅春ありがたし

梅と桃並び咲きをる庭にはや桜も枝をほの赤く染め

春嵐心して吹けよ観桜の宴を明日に花散りいそぐ

あごひげ

一部屋に祈りこもれば鬚《あごひげ》のいたく伸びしを気づかずをりぬ

盛平翁のごと伸ばさむと思ひあごのひげ鏡の
中にさすりつゝみる

髭《くちひげ》の白きにまでは及ばずにごま塩鬚《あごひげ》我が相を
変ふ

髭《くちひげ》に鬚《あごひげ》加へ我が相のいよいよ天の現身となる

神々の鬚《ひげ》には遠く及ばねど我が鬚《ひげ》もやゝに形ととのふ

鬚《あごひげ》の形のやゝに整ふを妻はしきりに切れと口説きぬ

娘《こ》は生やせ妻は切れとふお互ひに笑みこぼれつゝ我が鬚《ひげ》の前

孫の愛鬚《ひげ》には痛し愛らしき指の力をおさえかねつも

額《でこ》と額《でこ》合せるくせの孫と爺額《でこ》をはなせば鬚《ひげ》は犠牲《いけにえ》

我が膝に孫這ひよるや今朝も又鬚《ひげ》襲ひくる痛し可愛ゆし

桜落葉《さくらおちば》

早咲きのさざんかの上に散りて来し桜落葉の
枯色のよさ

地《つち》の香《か》の沁《し》みて色よき桜落葉《さくらおちば》手にとりてみれば放ちかねつも

一枚の桜落葉にもこもりゐる天地《あめつち》の愛手に沁《し》みてきぬ

一枚の桜落葉の枯色の心に沁みてかなしかりけり

世の乱れここにはあらず一枚の桜落葉に神の愛みる

手に取りし桜落葉を土《つち》に戻ししみじみ天地《あめつち》の
心味あふ

借景《しゃくけい》の森に西陽《にしび》の入《い》りゆくを今日も見ほけぬ
秋風の中

秋風の音烈《はげ》しけど二階窓乗り出してみる森の
西陽《にしび》を

帰へるさの東京の客も呼びとめて森の空染む
る秋の陽《ひ》みつむ

入りつ陽《ひ》の赤極まりし森の空大鳥《おおとり》一羽よぎりてゆきぬ

天皇在位五十年

民の想ひそれぞれなれど天皇の在位五十年国
は祝へり

国負ひて天意のままの五十年天皇はただ光なりけり

民になき大き苦しみ背負はれつ天皇は空《くう》のみ心に生く

大輪をおごらず咲ける園の菊天皇在位五十年
を感謝しまつる

国を愛し民を愛しつ天皇の在位ははやも五十
年なり

国民のことのみ案じ五十年天皇は澄める大空のごと

身心をなげうち終戦日本を救はせし天皇を忘れるな民

軍の責めすべて背負ひて日本を救ひ給ひし天
皇ただにありがたし

国《くに》民《たみ》は己れ気づかず天皇を中心と慕ひ昭和を
生き来し

天皇は和の光なり民と和し外国《とつくに》と和し五十年
を経し

孫の歌

庭つつじほめつゝ部屋に入りてこし客眼をみはる床の緋ぼたん

庭木立雨に光れり床の間の大輪緋ぼたん色に
匂へり

庭つゝじ咲ききそふあたりゆ孫達の声聞えき
ぬ首のべて待つ

大好きをおぼえし孫の我が部屋に入り来るや
先づヂヂ大好きをいふ

パパママ赤ちゃん大好きと片言の孫部屋を賑
はす

姉孫の片言しゃべりいちいちに喝采《かっさい》をする愚かしの祖父《ぢぢ》

真妃《まき》と里香《りか》我が部屋占めぬ大人どち孫の動きに起ちつ坐りつ

大人どち話忘れて真妃《まき》と里香《りか》真妃と里香とて時経《た》ちてゆく

赤子には赤子の世界片言にほほずる姉を里香見つめゐる

飲みさしの祖父《ぢぢ》の茶碗が大好きの孫得意気に
茶をすすりつゝ

道の歌

天地《あめつち》を祖父母と思へ肉の身の父母も天地の光
なりけり

想ひみな祈り心に変ふる時神はそのまゝ光り
輝やく

生き死にも明日の運命《さだめ》もひとすじに神にゆだ
ねて生くる日々

大神の光の珠と生きてゐる君なり日々を明るく生きめ

おかれたる立場は神のみ心ぞその場を生かせ心素直に

天父今そこにいますなり柏手の鳴りもひびける錬成の坐に

錬成の人ら年毎磨かるゝ魂《たま》さわやかに今日も坐はれり

夜半《よは》の祈り

春嵐今朝もはげしく時期《とき》なれど庭の桜の咲くをためらふ

沈丁花我を呼びをり夜半ながら庭の草木のいのちすこやか

庭隅の筧《かけひ》時折我が夜半の祈りの中にとけてひびけり

春嵐吹きあれる夜半をたへてこし桜花片神の
みいのち

夜半の庭に花咲くらむか祈りゐる我が眼裏《まなうら》に
色匂ひくる

戸をくるをしばしとどめて目を見張る外燈の
もとの庭桜の花

庭桜夜空に咲けり窓際に客呼びよせて語りつ
つ見る

祈りの行事終へし人らの観桜のそぞろ歩きの
親しかりけり

百日紅《さるすべり》

母二人天より見おり門前の百日紅《さるすべり》の花今年も
色よく

客みなにほめられて咲く百日紅亡き母二人も
好みゐし花

門を入る客飾るがに百日紅その紅のきはだち
咲けり

客も妻も共に華やぐ門前の百日紅の花咲き盛りゐて

真深夜を我と祈るか珍らしやミーミーカナカナ声揃へ鳴く

朝も夜も真深夜も鳴く蟬の声昱修庵に我が祈りつぐ

闇の中に樹々の匂ひす時折りに声の変はりて蟬鳴きつぐる

天地《あめつち》は今は真深夜祈りをる我れに融けくる蟬の群鳴き

桜落葉《さくらおちば》

春は花秋はもみじ葉庭桜祈りの窓に我が友となり

ひとときは音絶えしごと我がみつむは夕日の
庭の桜落葉よ

花はすでに天に還へれど落葉今庭を飾れり秋
の桜木

人々の掃くを止めぬ庭飾る桜落葉に心融《と》けゐて

山茶花の庭入りくれば床の間に我れを待つごと黄菊白菊

庭の菊部屋に活《い》くればそこのみが明るくみえぬ心さはやか

さざん花の我れを待つとふ留守宅の妻の電話は声はずみをり

## 平和の祈り

良否善悪見わくにかたき闇の世を明るく正せ平和の祈り

国々の武力に滅ぶ地球なり救ひはただに平和の祈り

明らさまに自が非をかばひ他をそしる国々のさまは地を砕くさま

天に地に武力ひろめてこれの世に権力ふるふ
米ソ危ふし

和の世界つくるに武力打ちかざす愚かしさい
まだ改めぬ国

国といふ集団のカルマ恐ろしや地球次第にむしばまれつつ

ひなまつり孫と喜ぶ歳となれど我が働きのいよよ輝やか

芍《しゃく》薬《やく》

梅櫻椿つつじの花の庭芍薬咲きてその美極まる

花の美の極まるか庭の芍薬の我をとらへてしばし放たず

天地《あめつち》の誇と咲くか芍薬のその美しさ書く術もなし

色深く形ととのふ芍薬の花片《はなびら》は天地《あめつち》の心なりけり

小さき花小さきが愛《かな》し大輪の深き美しさは芍薬にみる

米国の武力日本の和に融けて地球の調和保たむとする

米国としかと手を組み日本の大和の心生かさむぞ今

中国へ平和の祈り

ソ連中国和の国たらめこの地球滅びの道に向
はすなゆめ

古きより交はり深き中国に祈りの人ら渡りゆきたり

日中の真《まこと》の平和つくらむと友ら祈れり北京に上海に

日中はアジアの要《かなめ》和の心一つに結び地球守らむ

米ソとも争ふなかれ中国は日本と共に和をつくる国

み心のままと生きなばその人の生活《たつき》はすべて
ゆるがぬものを

我《が》の想ひいつしか消えてみ心のままに生きを
り平和の祈り

山茶花《さざんか》

人々の魂《たま》浄まりて出《い》でてゆく聖堂の庭今は山
茶花の花

朝空の冷《ひ》えしるけれど山茶花の咲き競ふみれ
ば時を忘るる

山茶花の愛《かな》しさ見つむ明けくれの政争のかげ
遠き世のごと

朝空の厳しき中に凛《りん》と咲く山茶花の花はひびき貴《たか》かり

朝外出《とで》の我が家の山茶花懐しや長籠居《こもりゐ》の庵《いほり》にも今

愛国の心はいづこ首相の座争ふ人々恥らひなきか

すさまじき権力欲か国も民《たみ》も首相の席のかげにかくるる

孫三人

白梅の花匂ふ日に生まれこし赤児の顔の母に
似てをり

真妃《まき》に里香《りか》赤児は由佳《ゆか》とつけられぬ三人《みたり》の母
の尊くもみゆ

三人《みたり》目の孫も女児《おなご》のなごやかさみなそれぞれ
に愛《いと》しかりけり

妹に母をゆづりて長女真妃《まき》ひとり折り紙つくるいじらし

爺々《じじ》といふ呼名になれて三人《みたり》目の孫を迎へぬ日々の明るさ

姉二人幼なけれどもききわけて母を赤児にゆずりて遊ぶ

光ある道を正しくあゆむ孫と知りてはをれど祈り重ぬる

冷夏

寄り合ひて平和の花を咲かさなむ親子も孫も
友もひとつに

虚偽怠惰今こそ清めよ人々《ひとひと》の世界平和の真《ま》祈《いの》りをもて

郷土愛技《わざ》にきそふか高校の野球試合に街の明るさ

球投げに青春かくると嗤《わら》ふなかれ高校野球も
世を浄むわざ

地の上のなげきは深し国々の争ひの中に秋と
なりきぬ

まさしくも今年は冷夏なり立秋の暦そのまま
街のさびしさ

庭の木々濃《こ》緑なるに心沈む冷夏と告ぐるテレ
ビのニュース

# Ⅲ

## 折々の歌

## 梅の花

厳寒によくぞ耐えこしいのちなりしみじみ愛《かな》し庭の白梅

天地《あめつち》の光ふゝみてそこに一輪こゝに一輪庭の
白梅

朝戸出《あさとで》の我れにふつくら笑みかくる庭の白梅
我れも笑みつゝ

天地《あめつち》の光和《なご》みて先ず咲けり朝霜残る庭の紅梅

庭に佇《た》てば天地《あめつち》の恵み通ひ合ふ紅梅の花白梅の花

## 妻のぬけ歯

細き眼の更に細まり笑みこぼる歯ぬけの妻の
お人好し顔

一眼みて想はず笑ふ見直して更におかしや妻
の歯ぬけは

妻もはや五十路《いそじ》となりぬ開きこし道には立た
ず家守り楽しむ

大神に休暇給はり三界の波のとどかぬ大自然の中

夕陽《ひ》の色にとけて死なむといふ人をかなしみみつつ河原をゆく

白梅の花匂はせて暮れなづむ夜空は我れを君にとけしむ

## 新年

汝《な》が過去はすべて消えたり新しきいのちに拝め元旦の空

新年《あらとし》に運命《さだめ》托せるそれ〴〵の賀状の想ひ浄め
やりつゝ

天地《あめつち》の息吹き調ふ新年とならせ給へよ平和の
祈り

拙《つた》なきも達筆もみな愛《いとほ》しや我れを慕ひて書ける賀状は

## 生命《いのち》の光

世界平和祈りてあれば汝《な》が生命《いのち》人の世照らす
み光となる

天地《あめつち》の心に融《と》けて人の世に生命《いのち》光らす身とは
なりつつ

## お祝ひの歌

横関夫妻（昭和41年8月15日）

結ばれて五十年《いそとせ》老いず妻夫今輝やかに神の道ゆく

悩みごと悩まぬ性《さが》の二人連れ五十年そひてい
まだ老いざる

人の世の悩み苦しみ共に耐えよくぞ来ませり
この五十年を

五十年は道長かりき結ばれし縁生かしていまだ老いざる

陽の性《さが》共に生かして人の世の波面白く五十年を経し

波風にひるまぬ性《さが》の妻夫五十年共に道開きき
ぬ

祝金婚式　源生鉦太郎・千世夫妻（昭和47年1月）

魂二つ互ひ磨きつ磨かれつ迎ふ五十年命輝や
か

明治神宮宮司　甘露寺受長様へ（昭和47年7月31日）

老翁の笑顔美し紫の菖蒲の前に肩ならべ佇つ

案内の翁の心美しき明治神宮の花菖蒲園

古賀政男氏へ

君にこそ紫綬褒章のふさはしき世を和ませし
調べ数々

人心慰さめ和せしその徳の今称へらる紫綬褒
章に

星丘夫婦《めをと》菩薩（昭和50年1月吉日）

天地の齢恵まれ金婚の夫婦美しけし梅盛る今日

# 昇天

松浦昌子刀自昇天（昭和34年3月25日）

老の殻今はぬぎすて神の界《よ》に笑まひ立ちます
輝やける魂

植芝盛平翁昇天（昭和44年）

大いなる合気の神の加はりて平和の祈り光り

いや増す

## 著者作歌略歴

大正五年（一九一六）十一月二十二日東京浅草に生れる。

昭和十一年二月　野榛（ぬはり）に水上赤鳥氏の紹介で入社。菊地知勇氏に師事す。

昭和二十三年まで「ぬはり」誌同人として作歌に精励する。

昭和二十四年　霊修行の後、神我一体となり、宗教活動に挺身。人生指導に明け暮れる。

昭和三十年一月　主宰する宗教法人の機関誌「白光」に短歌を発表する。

爾来、短歌のみならず、詩、俳句も創作発表する。

『ひびき』『いのり』に詩とともに短歌を収録する。他に著書多数。

昭和五十五年八月十七日帰神（逝去）、六十三才。

昭和六十二年十一月　第一歌集『冬の歌』を刊行。